AUF EIN WORT . . .

Der Weg zum Kind führt zum Menschen – Keiner ist auf seinem Lebensweg allein, jeder ist eingebunden in ein Beziehungsnetz mit anderen. Der Mensch kann sich nur in Beziehung zu anderen Menschen verwirklichen: Zum Ich gehört immer auch das Du.

Als Glaubende stehen wir nicht allein: wir gehören zur Weggemeinschaft derer, die versuchen, auf die Botschaft Jesu zu antworten. Diese Antwort ist unser Glaube. Glauben aber kann nicht heißen: sich niederlassen, stehenbleiben; glauben heißt: sich in Bewegung bringen lassen, verlassen, hinter sich lassen, sich auf einen Weg einlassen, den man sich nicht selbst ausgesucht hat. Der Glaubende fühlt sich mitgenommen auf den Weg zum Kind, das ihn wiederum zu seinen Mitmenschen führt.

Mit diesem kleinen Bildband möchte ich Sie liebe LeserInnen, anhand der wunderschönen Miniatur-Aquarclle, den Weihnachtszyklus von Sieglinde Willaredt-Rosenstiel, mit den passenden Texten aus der Bibel und bekannten Autoren zur Stille und Betrachtung einladen.

Loslassen vom Alltag, in sich hineinhören, sich auf den Weg zum Kind machen ..., dazu soll diese Botschaft ermuntern.

Siegfried Flaig, Pfarrer

Als Elisabet im sechsten Monat war, sandte Gott den Engel Gabriel nach Nazaret in Galiläa zu einem jungen Mädchen namens Maria. Es war mit einem Mann verlobt, der Josef hieß und von König David abstammte. Der Engel kam zu Maria und sagte: “Freu dich, Maria, Gott hat dich zu Großem ausersehen!” Maria erschrak über diesen Gruß und überlegte, was er bedeuten sollte. Der Engel fuhr fort: “Hab keine Angst, Maria; du hast Gnade bei Gott gefunden! Du wirst schwanger werden und einen Sohn zur Welt bringen. Den sollst du Jesus nennen. Er wird groß sein und wird Sohn des Höchsten genannt werden. Gott der Herr wird ihm das Königtum seines Vorfahren David übertragen. Er wird für immer über die Nachkommen

Jakobs regieren. Seine Herrschaft wird nie zu Ende gehen."
Maria fragte den Engel: "Wie soll das zugehen? Ich habe doch mit keinem Mann zu tun!" Er antwortete: "Gottes Geist wird über dich kommen, und seine Kraft wird sich an dir erweisen. Deshalb wird man das Kind, das du zur Welt bringst, heilig und Sohn Gottes nennen. Denk an Elisabet, deine Verwandte. Sie bekommt trotz ihres Alters einen Sohn. Sie ist bereits im sechsten Monat, und man hat doch von ihr gesagt, sie könne keine Kinder bekommen. Für Gott ist nichts unmöglich."

Da sagte Maria: "Ich will ganz für Gott dasein. Es soll so geschehen, wie du es gesagt hast." Dann verließ sie der Engel.

Lk 1, 26-38

ANNEHMEN

Das Leben lebt von der Annahme.

Ich nehme an, was kommt, und versuche,

das Beste daraus zu machen.

Ich nehme an, es hat seinen Sinn, der sich finden lässt.

Mein Leben lebt von der Annahme.

Das Leben lebt von der Annahme der Liebe.

Heinz-Günter Beutler

Zu jener Zeit ordnete Kaiser Augustus an, dass alle Bewohner des römischen Reiches in Steuerlisten erfasst werden sollten. Es war das erste Mal, dass so etwas geschah. Damals war Quirinius Gouverneur der Provinz Syrien. So zog jeder in die Heimat seiner Vorfahren, um sich dort eintragen zu lassen. Auch Josef machte sich auf den Weg. Von Nazaret in Galiläa ging er nach Betlehem, das in Judäa liegt. Das ist der Ort, aus dem König David stammte. Er musste dorthin, weil er ein direkter Nachkomme Davids war. Maria, seine Verlobte, begleitete ihn. Sie erwartete ein Kind. Während des Aufenthalts in Betlehem kam für sie die Zeit der Entbindung. Sie brachte einen Sohn zur Welt, ihren Erstgeborenen, wickelte ihn in Windeln und legte ihn in eine Futterkrippe im Stall. Eine andere Unterkunft hatten sie nicht gefunden.

Lk 2, 1-5

MITGEHEN

Ich treffe einen Menschen. Er kommt aus seinem Leben her, ich aus meinem, jeder hat sein Schicksal gehabt. Dann geschieht Begegnung, und es entwickelt sich von Mal zu Mal, was da werden soll: eine Freundschaft oder Liebe samt allem, was es darin an Erfüllung und Enttäuschung gibt.

Romano Guardini

So kam es zur Geburt Jesu Christi: Seine Mutter Maria war mit Josef verlobt. Aber noch bevor die beiden die Ehe eingegangen waren, stellte sich heraus, dass Maria durch die Wirkung des heiligen Geistes ein Kind erwartete. Josef war ein rechtlich denkender Mann; aber er wollte Maria nicht öffentlich verklagen. So dachte er daran, sich stillschweigend von ihr zu trennen. Ehe es jedoch dazu kam, erschien ihm im Traum ein Engel Gottes, der zu ihm sagte: "Josef, du Nachkomme Davids, scheue dich nicht, Maria zu dir zu nehmen! Denn das Kind, das sie erwartet, kommt vom Geist Gottes. Sie wird einen Sohn bekommen; den sollst du Jesus nennen. Denn er wird sein Volk von aller Schuld befreien."

Dies geschah, damit in Erfüllung ging, was Gott durch den Propheten vorausgesagt hatte: "Die Jungfrau wird einen Sohn zur Welt bringen, der Immanuel heißen wird." Dieser Name bedeutet: "Gott ist mit uns."

Als Josef erwachte, folgte er der Weisung, die ihm der Engel gegeben hatte, und nahm Maria zu sich. Er hatte aber keinen ehelichen Verkehr mit ihr bis zur Geburt ihres Sohnes, dem er den Namen Jesus gab.

Mt 1, 18-25

GOTT IST DER ERSTE, DER GESAGT HAT: "MENSCH ICH HAB' DICH GERN."

Weihnachten heißt:

Gottes Menschlichkeit ist erschienen, seine Güte, seine Barmherzigkeit, seine Zärtlichkeit. Er geht mit seiner Liebe auf uns Menschen zu, um uns von unserer Machtgier, unserem unersättlichem Habenwollen, unserer blinden Leidenschaft, unserem krankhaften Egoismus zu befreien.

Lerne dankbar zu sein. Zeige, dass dein Herz ein gutes Gedächtnis hat.

Phil Bosmans

Jn der Gegend dort hielten sich Hirten auf. Sie waren in der Nacht auf dem Feld und bewachten ihre Herden. Ein Engel Gottes kam zu ihnen, und Gottes heller Glanz leuchtete rings um sie. Sie fürchteten sich sehr; aber der Engel sagte: "Habt keine Angst! Ich bringe gute Nachricht für euch, über die sich alle Menschen freuen werden. Heute wurde in der Stadt Davids euer Retter geboren – Christus, der Herr! Überzeugt euch selbst: Ihr werdet ein Kind finden, in Windeln gewickelt; es liegt in einer Futterkrippe. Das ist der versprochene Retter."

Plötzlich stand neben dem Engel eine große Schar anderer Engel, die lobten Gott und riefen: "Alle Ehre gehört Gott im Himmel! Sein Friede gilt allen auf der Erde, die sich von ihm lieben lassen!"

Als die Engel in den Himmel zurückgekehrt waren, sagten die Hirten zueinander: "Kommt, wir gehen nach Betlehem und sehen uns an, was Gott uns bekanntgemacht hat!"

Lk 2, 8-15

DIE HIRTEN

Wir sind Randsiedler, Ausgesiedelte, Fremdlinge, Gastarbeiter. Wir sind die, die immer draußen stehen.

Wir wohnen abseits, am Rande der Städte, in Notunterkünften, in Baracken, in Sozialbauwohnungen und auch in Neubauten.

Wir stehen stellvertretend für alle, die aus irgendeinem Grund abseits stehen.

Niemand will uns eigentlich, aber man braucht uns für die Arbeiten, die sonst keiner mehr machen will. Wir arbeiten hart. Aber wir gelten nichts.

Heute aber beginnt eine andere Geschichte, unsere eigene Geschichte der Achtung, die Geschichte, die Gott mit uns hat; jener Gott, der uns nicht vergessen hat und uns nicht so lässt, wie wir sind.

Heinz-Günter Beutler

Sie brachen sofort auf, gingen hin und fanden Maria und Josef und das Kind in der Krippe. Als sie es sahen, berichteten sie, was ihnen der Engel von dem Kind gesagt hatte. Alle, die dabei waren, staunten über das, was ihnen die Hirten erzählten. Maria aber merkte es sich genau und dachte immer wieder darüber nach. Die Hirten gingen zu ihren Herden zurück, lobten Gott und dankten ihm für das, was sie gesehen und gehört hatten. Es war alles so gewesen, wie der Engel es ihnen gesagt hatte.

Lk 2, 16-20

WEIHNACHTEN – WIRKLICHKEIT DES LEBENS

Was im Stall von Bethlehem geschehen ist – Gott wird Mensch – das ist die Wirklichkeit des Lebens. Jesus ist nicht scheinbar, virtuell geboren, sondern unscheinbar in einem Stall. Und sicher hatten sie alle kalte Füße bekommen, Josef und Maria, die Hirten und später die Könige.

Wer Weihnachten wirklich an sich heranlässt, wer Weihnachten für sich Wirklichkeit werden lässt, der muss damit rechnen, im alltäglichen Gedränge auch mal kalte Füße zu bekommen.

Wer die wirklichen Hintergründe von Weihnachten nicht an sich heranlässt, der feiert auch nicht wirklich. Wer nur so tut, als ob, für den ist Weihnachten morgen schon wieder passé.

Siegfried Flaig

Jesus wurde in Bethlehem, einem Ort in Judäa, geboren, als Herodes König war. Bald nach seiner Geburt kamen Sterndeuter aus dem Osten nach Jerusalem und fragten: “Wo finden wir das neugeborene Kind, das König der Juden werden soll? Wir haben seinen Stern aufgehen sehen und sind gekommen, um ihm zu huldigen.”

Als König Herodes das hörte, geriet er in Aufregung, und mit ihm ganz Jerusalem. Er ließ alle führenden Priester und Gesetzeslehrer zu sich kommen und fragte sie: “Wo soll der versprochene König geboren werden?” Sie antworteten: “In der Stadt Betlehem in Judäa. Denn so hat der Prophet geschrieben: “Du Betlehem im Lande Juda! Du bist keineswegs die unbedeutendste

Stadt in Judäa, denn aus dir soll der Mann kommen, der mein Volk Israel führen wird.”

Daraufhin rief Herodes die Sterndeuter heimlich zu sich und fragte sie aus, wann sie den Stern zum ersten Mal gesehen hätten. Dann schickte er sie nach Bethlehem und sagte: “Geht hin und erkundigt euch genau nach dem Kind, und wenn ihr es gefunden habt, gebt mir Nachricht! Dann will auch ich zu ihm gehen und ihm huldigen.”

Nachdem sie diesen Bescheid erhalten hatten, machten sich die Männer auf den Weg. Der Stern, den sie schon bei seinem Aufgehen beobachtet hatten, ging ihnen voraus. Genau über der Stelle, wo das Kind war, blieb er stehen. Als sie ihn dort sahen, kam eine große Freude über sie.

Mt 2, 1-10

DER STERN –
EINLADENDES ZEICHEN GOTTES

Nur Menschen, die tiefer sehen, Weise, haben das Licht geschaut, das in der Dunkelheit leuchtet, und haben sich auf den Weg gemacht, um dem zu begegnen, der Zeugnis gibt vom Licht – Jesus Christus.

Siegfried Flaig

Sie gingen in das Haus, fanden das Kind mit seiner Mutter Maria, warfen sich vor ihm nieder und huldigten ihm. Dann breiteten sie die Schätze aus, die sie ihm als Geschenk mitgebracht hatten: Gold, Weihrauch und Myrrhe. In einem Traum befahl ihnen Gott, nicht noch einmal zu Herodes zu gehen. So reisten sie auf einem anderen Weg in ihr Land zurück.

Mt 2, 11-12

EPIPHANIE

Damit etwas "epiphan" – sichtbar – wird, ist ein Sehvermögen nötig, das hinter das Sichtbare vorzudringen vermag. Der gläubige Mensch braucht diese Art des Sehens, damit er zum Beispiel im Kind in der Krippe den Retter sehen kann; im Stern die Verlockung, aufzubrechen und so lange zu wandern, bis der Stern stehen bleibt, weil das Ziel erreicht ist; in den drei Weisen die eigene Wanderschaft, zu der auch wir auf einen Weg gestellt sind.

Gott geht in die Knie, er lässt sich ein auf unsere Welt. Die Hirten und die Weisen haben sich davon bewegen lassen und sind in den Stall gekommen. Wovon und wohin lassen wir uns bewegen?

Siegfried Flaig

In der folgenden Nacht erschien dem Josef im Traum ein Engel Gottes und sagte: “Steh auf, nimm das Kind und seine Mutter und flieh nach Ägypten! Bleib dort, bis ich dir sage, dass du zurückkommen kannst. Herordes wird nämlich alles daransetzen, das

Kind zu töten.” Da brach Josef mit dem Kind und seiner Mutter mitten in der Nacht nach Ägypten auf. Dort lebten sie bis zum Tod des Herodes. So traf ein, was Gott durch den Propheten vorausgesagt hatte: “Aus Ägypten habe ich meinen Sohn gerufen.”

Mt 2, 13-15

GOTTES FÜHRUNG

In der Fremde kann sich Josef nur auf seine Träume verlassen, in denen der Engel des Herrn immer wieder zu ihm kommt und ihm den Weg weist, den er gehen soll.

Dort, wo wir ungesichert sind, heimatlos, ohne Rückhalt in der Familie, dort begleitet uns ein Engel. Mitten in der Ungesichertheit unseres Lebens schenkt uns der Engel Gottes Halt und Klarheit. Er sagt uns im Traum, wie es um uns steht, ob noch Gefahr für uns droht.

Wenn Gott in uns geboren wird, wenn wir in Berührung kommen mit dem Neuen, das Gott in uns schafft, fühlen wir uns oft wie in der Fremde. Wir werden nicht verstanden von den Menschen unserer Umgebung. Wir müssen in ein inneres Asyl gehen, bis uns klar wird, wohin unser Weg geht.

Anselm Grün

KLEINER BAUSTEIN . . .

zur Mitfinanzierung der Renovation unserer Pfarrkirche "St. Martin" in Riegel

Vielleicht haben Sie diesen Weihnachtszyklus geschenkt bekommen, vielleicht haben Sie ihn auch selbst erworben. Wie auch immer ...

Durch den Verkauf dieses Bildbandes wird zur Unterstützung der Kirchenrenovation unserer Pfarrkirche beigetragen.

Der Erlös kommt dem Förderverein "Kirchenrenovation St. Martin" zugute.

Schöne Bilder und gute Texte dienen Seele und Leib zum Heil - und was braucht unsere Zeit notwendiger?

Siegfried Flaig
Riegel, im November 2001

Impressum:

Miniatur-Aquarelle:
Sieglinde Willaredt-Rosenstiel

Gestaltung:
Siegfried Flaig

Gesamtherstellung:
Messner GmbH & Co. KG, Druck & Verlag, 79427 Eschbach

ISBN 3-934309-02-X